虹從那裡來

原住民的神話傳奇

作者◎蘇　樺
繪圖◎洪義男

〔推薦序〕

聽故事，讀故事到看故事

人人都喜歡聽故事，故事情節的起承轉合，演出因果間的關聯與變化。不同的民族，由於生活習性不同和環境的影響，各有不同的民間故事流傳，尤其民間傳說故事情節的變化天馬行空，常常呈現有趣的巧思，隱藏引人深思的哲理，並富有濃濃的文化特色。

台灣由許多不同族群構成幅員不大，民間故事資源卻相當豐富，包括由各地渡海來台定居的住民和更早就居住在這裡的原住民族，一代一代流傳下來的故事。

不過小時候，除了聽哥哥姊姊說的故事和在廟埕聽「勸善」之外，從兒童讀物和報紙副刊上讀到的民間故事，以中國大陸和明鄭時期移民來台發展出來的民間故事居多，原住民的傳說故事較少。

直至民國五十五年教育廳開始編印中華兒童叢書，有幾本圖文並茂、以原住民生活文化為題材的故事書。在我擔任中華兒童叢書編輯時，也曾編印兩本《山地神話》。民國七十一年，《幼獅少年》叢書出版了《山地故事》，由蘇尚耀先生以筆名蘇樺寫作而成，由洪義男先生擔任插畫工作。

民國七十二年，當時我在信誼擔任編輯，又請到洪先生繪製關於賽夏族的圖畫書《小矮人》，這本書的圖像表現相當特別，洪先生將重點放在場景，以寬廣的山景為故事舞台，將人物刻意畫得極小，是很大膽的嘗試。

此次幼獅文化重新改版發行的《虹從那裡來》由洪義男先生擔任插畫，他不但依故事的不同情境為每一個故事營造不同表現形式，比如，〈懶人變猴子〉以動作誇張的趣味造形畫出如流線型木雕般的人物；〈虹從那裡來〉以如木刻版畫的效果呈現粗獷的原味；〈霧頭山和大武山〉則以水墨渲染來營造山嵐；以動物擬人化的故事〈穿山甲失去了朋友〉也沒忘了讓牠們穿原住民風的服飾。畫家在為故事作畫，往往得自己先溶入故事情境中，在〈射太陽的英雄〉中，洪義男和故事裡的人物一同感受兩個太陽炙熱的煎熬。所以特別為射日英雄設計了用枯枝捆紮而成的遮陽用具，發揮了感同身受、仁慈的同理心。這種用心投入，以圖像再創作的精神，讓讀者除了文本外，更因為圖像的創意演出，增加了閱讀的趣味和層次，讀者不妨細細品味。

知名童書作家　曹俊彥

〔自序〕

認識人類小時候的故事

小朋友：

每一個人都有他的小時候。也就是說，那是在你學會讀書寫字以前，還有一段你現在已經記不起的日子。不過那段日子你自己雖已記不得了，但是你們的爸爸、媽媽、爺爺、奶奶，或外公、外婆，卻還會常常提起，說你小時候最愛發問，並常問些，如：

「天空為什麼是藍顏色的？」

「好好的晴天，為什麼又要閃電又要打雷？」

那時，你們的爸爸、媽媽，或幼稚園的老師會為你們解答這些問題。現在，你們可以去找書，從書中尋求正確的答案。

任何人都有小時候，整個的人類也有小時候。在很久很久以前，人類還沒有文字、沒有書本的時候，就是人類的小時候。

在人類的小時候，是一個部落，或是許多族群，大家同住在一個山坳裡，或同住在一個近水的平地上。那時候，沒有文字，更沒有書本，看到神奇的事物，也喜歡問一些問題，如：

「這些東西是從那裡來的？」

「晚上太陽躲到那裡去了？」

「為什麼又要下雨，又要颳風？」

那時候，他們的爸爸、媽媽也還不知道怎樣解答這些問題，也沒有老師可以問；他們只好去問族群裡的老年人和聰明人。可是那時候，還沒有文字和書本，也還沒有學校，老年人只能憑他的生活經驗，聰明人也只能從他周圍接觸到的事物，去聯想，去想像，然後講出像這本書《虹從那裡來》中很多有趣的故事，作為解答。

本書的十個故事，就是各地原住民的祖先講出來、流傳下來的故事。因為這些故事也是人類小時候的故事（現代人也把它們稱作神話）。如果想知道這些故事是多麼有趣，請往下看吧！

蘇樺

目錄

虹從那裡來

從前，住在玉山附近山區的布農族裡面，有對夫妻。做丈夫的，種田怕苦，打獵又怕遇上危險，所以整天不是閒逛，就是坐著不動，好吃懶做。

他妻子卻像一頭大笨牛，既不會紡紗，也不會織布，加上她丈夫不種田又不打獵，所以她也用不著燒飯和做菜。

懶丈夫配上笨妻子，真是天生的一對寶貝。他們又笨又懶，頭腦無用，四肢不動，只有餓了的時候，才肯去附近隨便找點東西吃，光靠著山上的樹果和草根過活。日子就這樣一天挨一天的過去，家裡自然是什麼東

西都沒有囉。

家裡沒有東西，夫妻倆並不怎麼發愁。只是做妻子的那個笨女人，雖然不會織布，不會做衣服，也沒有錢買衣服，可總覺得作為一個女人，身上沒有一件漂亮的衣服穿，真煩惱，真丟臉。

有一天，做妻子的看村子裡的一戶人家屋外，晾著一件七彩的衣服。那衣服上面，紅一條、橙一條、黃一條、綠一條、藍一條、靛一條、紫一條的相間著，好漂亮啊！

她想，這樣一件漂亮衣服，不管

穿在哪個女人身上，都會好看起來的。因為她實在太喜愛那件衣服了，所以就偷偷的走了過去，而且趁著四下無人的時候，悄悄的把衣服從竹竿上取下來，掩掩藏藏的往自己家裡拿。

到了家裡，她急忙把七彩衣服穿在身上，在丈夫面前炫耀說：

「喂！你看，這件衣服穿在我身上，是不是很好看呀？」

正在屋裡坐著不動的丈夫，覺得眼前一亮，瞪大了眼睛說：

「你哪裡來的這件花衣服？我們可買不起呀！」
妻子連忙用手摀住丈夫的嘴，輕聲的說：
「聲音小一點，別讓人聽見；我這衣服不是買的，是從人家那裡拿回來的。」
「什麼？你竟然是向人家偷來的！你因為沒有漂亮的衣服穿而覺得羞恥，但你現在偷了人家的衣服，使我覺得加倍的羞恥。難道你敢穿著偷來的衣服出去嗎？」丈夫非常吃驚的說。
「當時我只看到它是一件漂亮的衣服，可沒想到偷來的

衣服是不能穿出去的。——這該怎麼辦呢？」

「唉！偷人家的東西太丟臉了！依我想，我們已經不能在這裡再住下去，還是趁人家沒有發現丟衣服之前，趕快離開此地，到別的地方去吧！」丈夫嘆氣說。

妻子也很贊成，認為只有到一個陌生的地方去，才不會有人知道她穿的衣服是偷來的。

夫妻倆這樣一商量，即刻離開家鄉逃走。他們只怕被熟人撞見，白天專挑草叢茂密、林木幽深的小路行走，夜裡就在星光底下跑。

這一對又懶又笨的夫妻，走過了一座又一座的山頭，渡過了一條又一條溪流。可是有人的地方，他們不敢去；無人的地方，他們

也無法住下來。雖然在路上跑了好久，可是連一個目的地也沒有。

他們只茫茫然的在路上跑呀跑的，好幾天以後，他們的身心都很疲累，覺得十分痛苦，也十分後悔，就互相抱怨起來。

妻子說：「都是你，整天好吃懶做，害得我們家一無所有！」

丈夫卻說：「要不是你愛漂亮，偷了人家的衣服，我們才不至於像現在這樣狼狽！」

抱怨歸抱怨，事實上他們已經不能再回家鄉了，只有繼續往前走。

有一天，夫妻倆爬上一座很高很高的山頭。他們正往山下看，想找一條路下山去的時候，卻好像看到山下的一邊，正是他們所要逃離的家鄉。山下的許多人，好像在指著他們現在所站的山頭，指指點點，還在那裡嘰嘰喳喳的說著話。

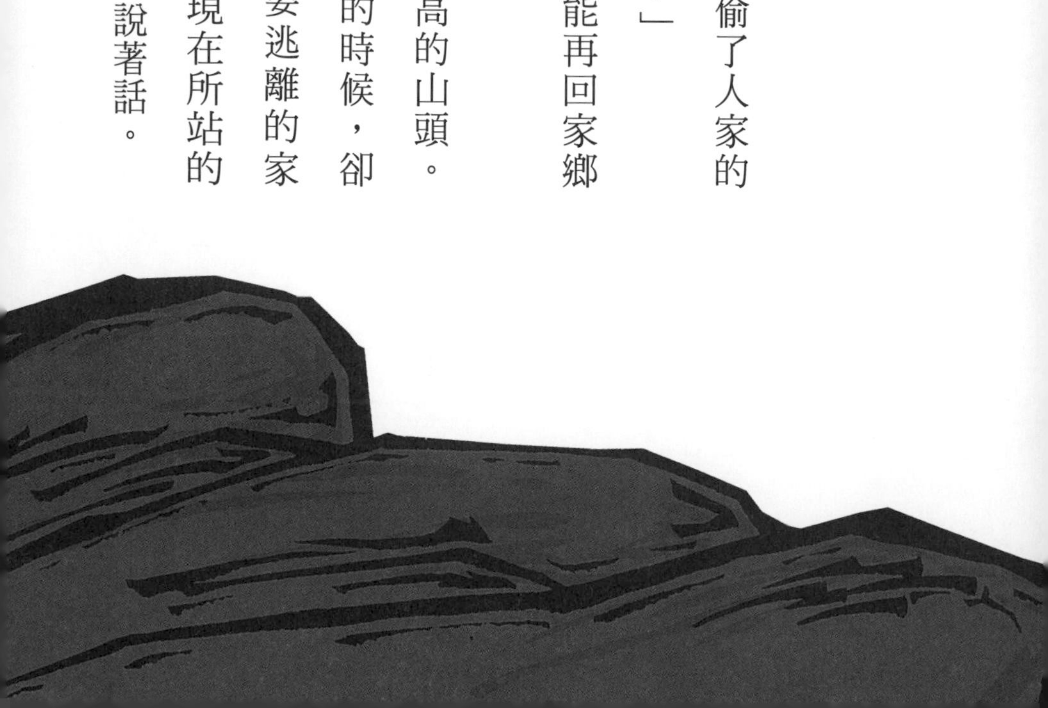

夫妻倆雖然聽不見山下人說些什麼，卻認為一定是在罵他們不該偷人家的衣服，心裡真是難過極了。

這時候，天上突然颳起了狂風，使他們格外的害怕，妻子更緊緊的拉住丈夫的手。可是一陣強烈的狂風，竟然把夫妻倆一起颳走，頃刻間消失得無影無蹤了。

在風停雨歇，天氣晴朗以後，山下的村人忽然發現半空中出現一道七彩的弧形虹，從那對夫妻最後站立的山頭，彎彎的伸向天空。它那紅一

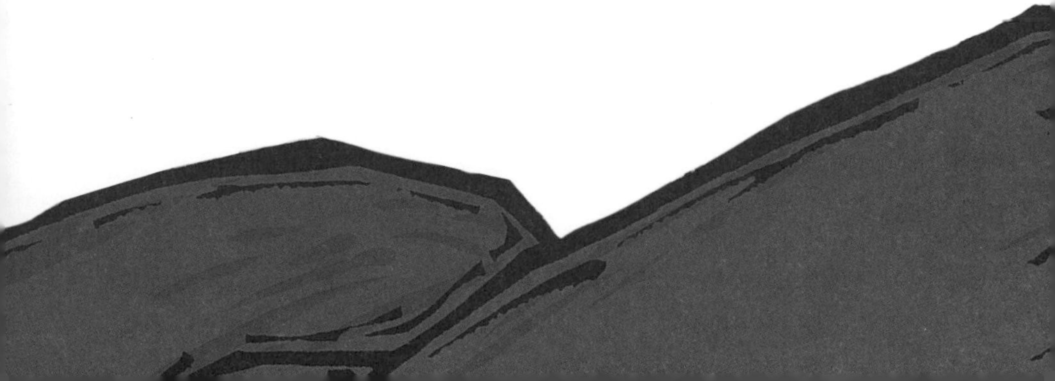

條、橙一條、黃一條、綠一條、藍一條、靛一條、紫一條的鮮明豔麗的色彩，就跟那妻子偷走穿在身上的漂亮衣服一樣。所以村子裡的人就傳說，這彩虹是那一對偷人家東西而逃走的夫妻變成的；它顏色鮮豔的部分，就是那件漂

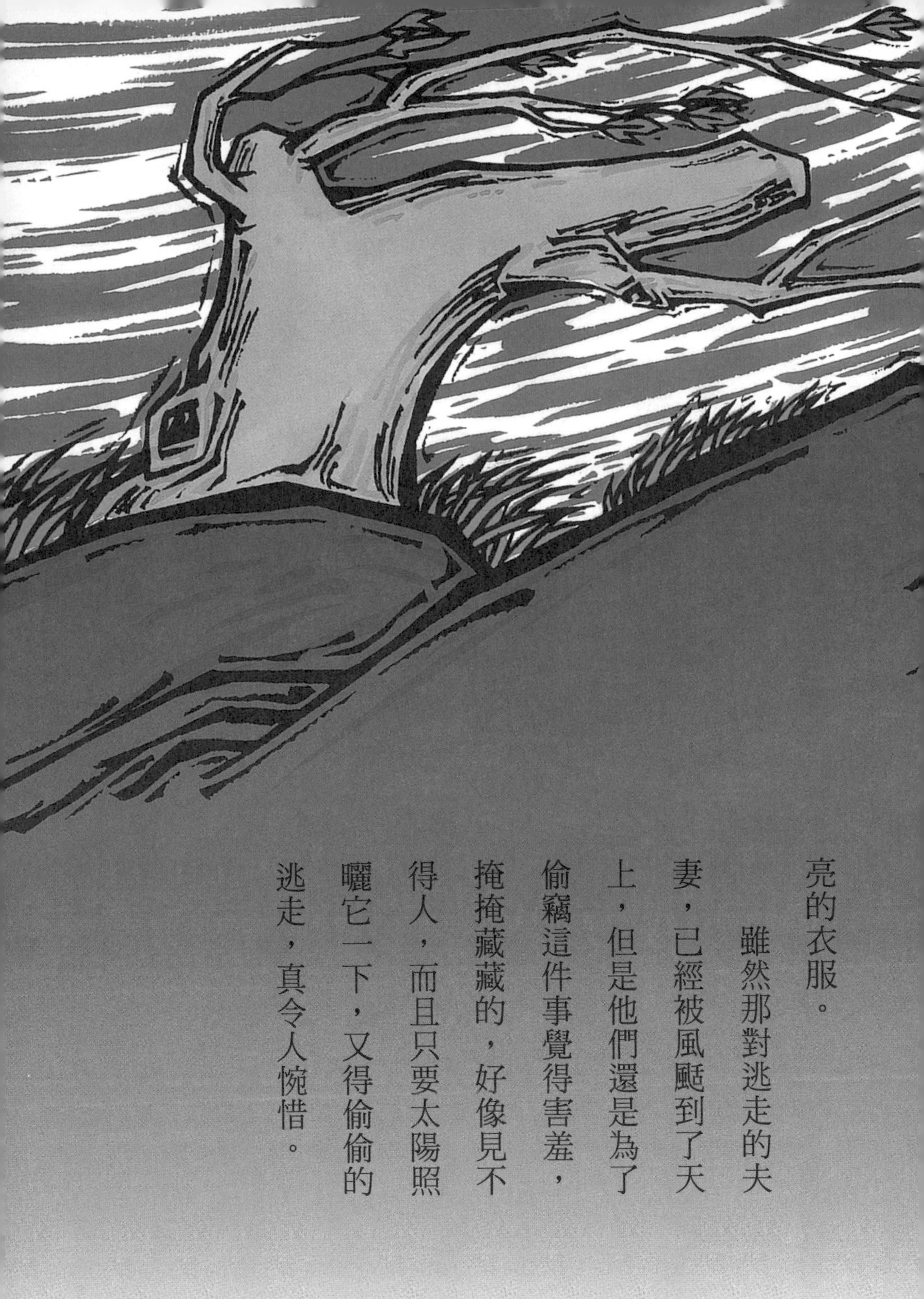

亮的衣服。

雖然那對逃走的夫妻，已經被風颳到了天上，但是他們還是為了偷竊這件事覺得害羞，掩掩藏藏的，好像見不得人，而且只要太陽照曬它一下，又得偷偷的逃走，真令人惋惜。

懶人變猴子

據說古時候的寶島台灣，到處是蒼蒼鬱鬱、繁盛茂密的林木，山上、林中滿布各種珍禽異獸，像帝雉、鷓哥、花豹、黑熊、野鹿等等。現在山中有很多的猴子，那時候卻

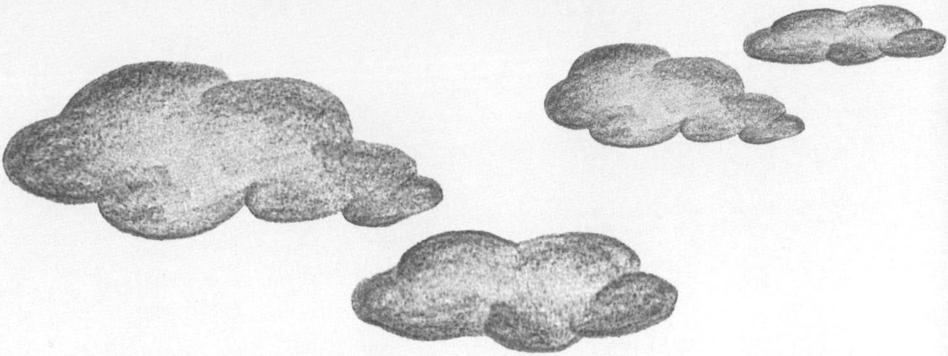

半隻也沒有。那麼，後來的猴子又是怎樣來的呢？根據住在現在桃園縣大嵙崁溪上游山區，泰雅族老年山胞間有一個這樣的傳說：

在好久好久以前的一個山坡下，住著一個老人、一個年輕人。

那老人早起晚睡，忙這忙那，勤勤懇懇，每天好像都有忙不完的工作。

相反的，年輕人卻喜歡嚼著檳榔，一天到晚東遊遊西逛逛，什麼事兒也不做。

有時候，老人實在看不過去，就把年輕

人叫到面前，勸告他說：「小伙子，趁著現在你還年輕，應該多學一點，多做一點，將來才會有好日子過。」

說著，還拿了一把鍬給他，向他說：

「把這個鍬拿著，到山上去找一片地挖挖，把地挖鬆了，才好下種。」

年輕人百般無奈，拿著鍬到山上去了。可是懶惰成性的他還是不肯工作，只是拿著鍬，裝模作樣，對著山上的石頭或樹根，東敲敲，西打打。

所以，地沒有挖成，鍬把子倒被敲斷了。年輕人拿著斷成兩截的鍬下山來，到老人面前，故意裝出愁眉苦臉的樣子說：

「老伯伯，不是我不肯工作，實在是地面太硬了，還沒有動兩三下，就把這鍬把子弄斷了！」

老人看了，搖搖頭，只好另外想辦法找個新把子給裝上去，向他說：

「以後可得小心使用，等你工作熟練了，應該不會再弄壞工具了。」

可是那個年輕人一心想偷懶，為了逃避工作，還是一而再，再而三的把工具弄壞。

有一天，老人見年輕人又莫名其妙的把鍬把子弄斷，實在很生氣，就拿著斷了的把子打他的屁股。年輕人一著急，順手把鍬把子搶了過去，拚命的往山上逃跑。

年輕人在前面逃，跑得好快好快；老人在後面追，怎麼追也追不上。到了後來，一老一少愈隔愈遠。老人眼看自己追不上，就停了下來，上氣不接下氣的喊道：

「小伙子，別跑啦！只要你以後肯好好的改過，努力工作，我還是會原諒你的。」

年輕人沒聽見這些話，還是一個勁兒的往前跑；因為他是把斷了的鍬把子放在背後跑的；跑呀跑的，一不小心，斷把子插進了他的屁股尖，他痛得「呀！」的大叫一聲。

就在那個時候，年輕人全身忽然長出了又濃又長的細毛。那斷把子竟然也在他的屁股後頭變成一根長尾巴。他變成了一頭尖嘴巴紅屁股的猴子，吱吱喳喳的叫著，跑進樹林裡去了。從此，這頭由懶人變的猴子，就住在樹林裡，摘吃樹上的鮮果過活。

據說，山上的猴子，臉平常是白的，可是見了人，他的臉就會

變得紅紅的，而且會趕快躲開，好像很怕見到人似的；那是他想到自己本來也是一個好端端的人，只因為貪吃懶做才落得這樣的下場，實在很慚愧。至於猴子的屁股發紅，那是因為他最後一次被老人打的時候，留下來的痕跡。

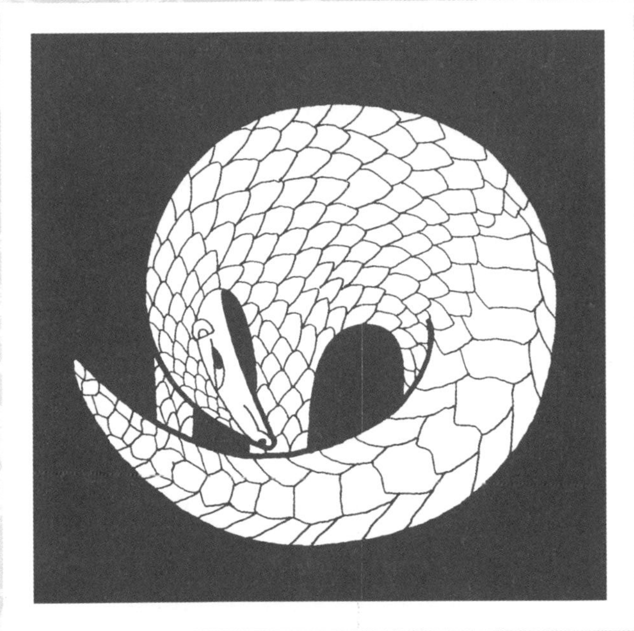

穿山甲
失去了朋友

古時候，在台灣中部中央山脈的布農族山區裡，住著一隻全身像穿著銅片似的鱗甲的穿山甲，和一隻有一身烏黑發亮皮毛的山貓。

他們雖然住得很近，可是山貓自以為有一身高貴的皮毛，非常傲慢自大，不把穿山甲看在眼裡。穿山甲也不肯服

輸，覺得自己除了有一種吃螞蟻像吃芝麻糖一般的本領以外，那一身堅硬的護身鱗甲，更是山貓所比不上的。

因此，他們不但彼此合不來，還常常找機會炫耀自己的本領，壓倒對方。

有一天，穿山甲和山貓各自去爬山，而且很巧的同時在同一個山頂遇見了。穿山甲指著對面山腳下的一片草原，對山貓說：

「山貓兒，如果你在那邊草原裡找東

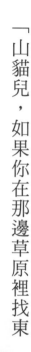

西吃，忽然有人在草原的下方，放起火來，你可知道用什麼辦法，才能不被燒死，而從火窟裡逃生嗎？」

山貓被穿山甲這樣一問，很生氣的說：

「無論你出什麼難題，都難不倒我。

因為在這世界上，你能做的事，我沒有做不到的。」

穿山甲卻故意要激怒山貓，說：

「我看，這倒不一定。我有一種從火裡逃生的本領，你就未必學得會。」

山貓一聽這話，更生氣了，就說：

「你別吹牛了！我就不相信，世界上有在火裡不被燒死的東西。只不過你是我的手下敗將，老是輸給我，才拿這話來唬我。」

穿山甲卻神氣十足的說：

「誰有真本領，不是光靠說的，試一試就知道。你不相信我的話，我也可以當面做給你看。」

雖然穿山甲說得很肯定，但山貓還是不相信他真有這種本領，嘲笑說：

「好，我們下山去，就讓我來看看你要怎樣火葬自己

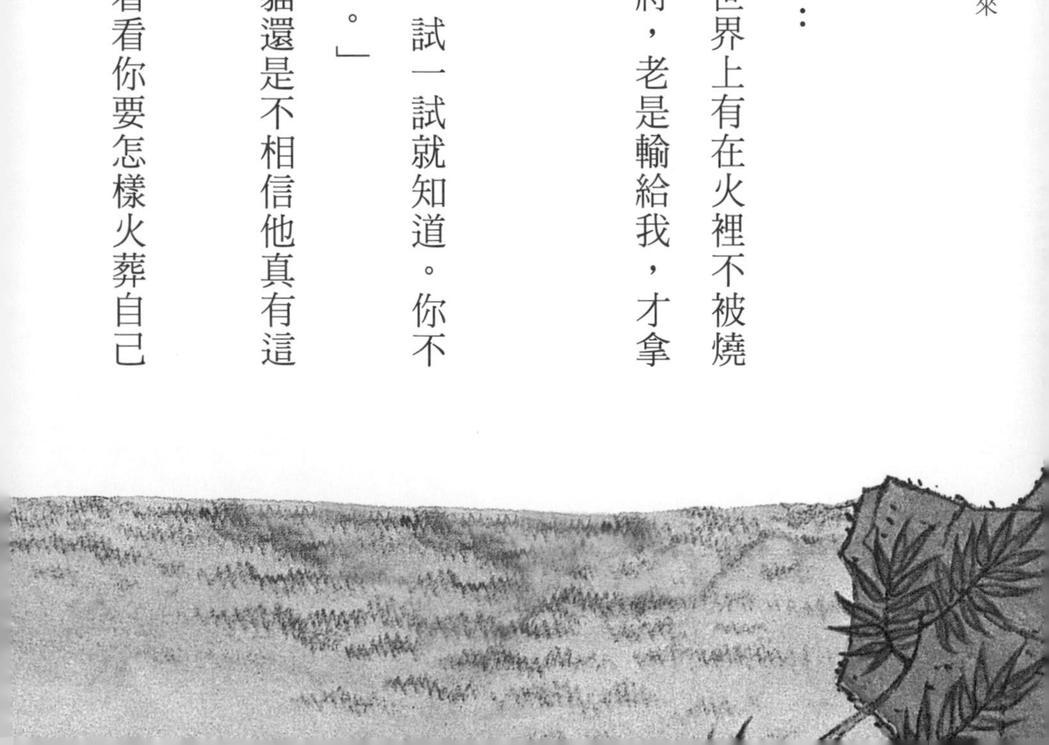

吧！」

山貓說了這話，就第一個撒開腿，飛快的向山腳下跑去，站到草原邊，等著看穿山甲的表演。

過了一會兒，穿山甲也趕到了山腳，並且對山貓說：「山貓兒，等我進了這草原，就請你在四周放起火來。」

不久，穿山甲進入了草原，山貓果然東南西北的點起火來。草原上的茅草一點就著，霎時間，草原上濃煙彌漫，大火熏天，整個草原都「必必剝剝！」的燒著了。

山貓一看火勢這樣猛烈，心想，這隻自己找火燒身的愚蠢的穿山甲，恐怕早已經在大大火裡遭到不幸，白白送了命啦！「哈！山貓兒！」山貓正在嘆息著的時候，不料那穿山甲竟然平安無事的在火堆中出現，向他招呼。

山貓大吃一驚的問穿山甲，在大火燃燒當中，半點兒都沒有受傷，究竟有什麼祕訣。

穿山甲從從容容的回答說：

「那也沒有什麼祕訣，只不過在大火燃燒草原的時候，我自己想法子躲在草和草之間的空地上，所以茅草雖然被燒光了，躲在沒有草的地方，還是安然無事。」

山貓聽得很入迷，卻不知道穿山甲因為身上有不怕火的鱗甲，也不知道穿山甲說躲在草和草的空隙的話是騙人的，因此他急忙的說：

「聽你說起來，好像很有趣，我也想試一試。」

山貓說著，很快的跑去躲藏在另一個茅草叢裡。陰險的穿山甲立刻乘機在上風放起火來。

風助著火威，火藉著風勢，頃刻間，茅草劈劈啪啪！燒得很旺，竟把無辜而好奇的山貓燒死了。

害死山貓的穿山甲，雖然報了平日被欺負的仇，但是一想到今後失去了一位同伴，也等於失去了一位朋友，將要孤孤單單的生活，就開始後悔了。

卡那布的年輕人

天好久沒有下雨了，乾巴巴的地面，什麼東西都長不出來。地上什麼東西都不長的日子是很難過的，對於住在台灣中部山區裡的卡那布族來說，更是如此，所以他們只好四處去找東西吃。

在許多卡那布族人中，有一個年輕人，拿了一把刀子和一把木頭做的鍬，也出外找吃的東西。他從這個山坡跑到那個山坡，又從那個山坡跑到另外一個山坡，東找找，西找找，在山上跑了老半天以後，好不容易才在一個山坡上，發現一棵綠綠的山芋。

本來有點失望也很疲倦的他，看見綠綠的山芋葉子在風中翻動，就好像發現了什麼大寶貝似的，趕快跑了過去，用他的木鍬，在山芋四周的地上小心的挖。

他挖呀挖的，終於挖到了一個好大好大的山芋頭。他用力拔著山芋，嘿呵！嘿呵！一個很大的芋頭被拔起來了，可是因為用力過猛，人也咚的一聲坐到地上去了。

他從地上站起來，拍了拍屁

股，向地上望了望。

「哇！好大好深的一個地洞，不知道下面有些什麼？」

他被引動了好奇心，想走下地洞去看看，所以就劈里啪啦的工作起來。不一會兒，他已經用樹枝做好一把簡單的梯子，架在洞裡，順著梯子走了下去。

洞底下是另外一個世界，其中有一間裝飾很別緻的屋子。屋裡住著一位白頭髮長鬍子的怪人，他的名字叫塔茂那依。塔茂那依看見洞外忽然闖進一個陌生人，就大聲的責問：

「你是什麼人？是從哪裡來的？你進來幹什麼？」

這個卡那布年輕人很小心的回答說：

「我是卡那布人，因為本地鬧旱災，地上不長東西，所以出來找東西吃。剛剛在這上面山坡上找到一個山芋，挖呀挖的，發現了通到地底的洞，才進來看看的。」

塔茂那依聽了，不但沒有責備他，反而很客氣的請他到屋裡去坐。屋裡打掃得很乾淨，擺設也很整齊。

過了一會兒，塔茂那依拿出一盤圓圓的食品，對他說：

「看你的樣子，肚子一定很餓了，請你嘗嘗我做的食物。」

這個卡那布年輕人，雖然肚子相當的餓，但是他還是很有禮貌，斯斯文文的向主人說了一聲「謝謝！」然後才拿食物來吃。

「真香，真好吃！不知道這是用什麼東西做的，哪裡才有這種材料？」年輕人一邊吃，一邊這樣問。

塔茂那依告訴他：「這種食物叫作粟餅，是用一種顆粒細細的，叫作粟所結的種子，外加大角豆和木豆搗在一起，捏成一顆一顆的圓餅，然後放在火裡烘烤起來的。」

說著，塔茂那依還帶那

年輕人到屋後，指著地上一片青綠的植物，告訴他哪些是粟，哪些是大角豆和木豆。

卡那布的年輕人就懇求說：

「雖然承您的款待我已經吃飽了，但是我們族裡的人，都還因為天旱，地上不長東西，各自分頭去找東西吃，非常可憐。請您讓我帶這些植物的種子回去，以解決我全族的困難！」

塔茂那依聽了，拍拍年輕人的肩膀說：

「好，好！小伙子，你年紀輕輕的，還能隨時想到別人，顧慮族人的生活。真難得！」

說了這話以後，塔茂那依就拿了許多粟種，以及大角豆跟木豆

的種子給他。

年輕人回去後，就把這些穀類的種子分給族人，在山坡地種植起來。

現在，卡那布人以至全鄒族的人，在收

穫的時候，都要舉行盛大隆重的祭典，向塔茂那依獻禮，這就是「粟祭」的起源。

霧頭山和大武山

在台灣南部有兩座名山，一座叫霧頭山，另一座叫大武山，它們聳立在屏東縣境內。

從兩座山的表面看去，除了大武山較高，而霧頭山較低外，兩山樹木扶疏，枝葉茂密而終年常綠，似乎與其他的名山沒有什麼分別，但是在當地排灣族山胞裡，卻流傳著有關這兩座山一個非常動人的故事……。

從前，在台灣南部山地的排灣族村莊裡，有一對貧苦的夫婦，他們先後生了兩個兒子，大兒子叫克利里，小兒子叫布拉揚。

不知怎麼的，做母親的只偏愛小兒子布拉揚，對大兒子克利里，不但一點都不疼愛，反而把他看作眼中釘似的，時時加以虐待。

母親對待大小兩個兒子，好的太好，壞的太壞，固然有如天和地的差別，哥哥卻從不計較母親如何寵愛弟弟，反

而處處對弟弟讓步；弟弟看到哥哥受虐待，也常常會護著哥哥，想法子幫助哥哥解決困難。所以兄弟倆在一起，倒是十分相親相愛。

有一天，兄弟倆要跟族人進入深山打獵，母親為他們準備飯包。做母親的在小兒子的飯包裡裝了很多好吃的羌肉，卻暗地裡在大兒子的

飯包裡塞了一些不能吃的帶毛獸皮。

到了要吃飯的時候，哥哥克利里打開飯包一看，滿飯包都是帶毛的獸皮，根本不能吃。他一句話也沒說，只是失望的放下飯包，悄悄的跑到山谷裡，仰天長嘆一聲說：

「天哪！我肚子這樣餓，又沒有東西吃，該怎麼辦呢？如果我現在跑回家去，不是挨打，就是挨罵。我寧可今天死在山裡，變成一座山，也比回家挨打挨罵強！」克利里說完這話，一陣狂風吹了過來，果然變成了一座山。

弟弟布拉揚打開飯包，很開心的吃著美味的羌肉。偶然一抬頭，發現哥哥克利里不見了。他關心的走到哥哥剛剛停留過的地方，看到哥哥留下來的飯包，發現許多帶毛的獸皮，十分詫異：

「是不是媽媽拿錯了飯包，怎麼裡面裝的淨是一些不能吃的東西？」

他後來再想，知道哥哥一定又受到虐待了，就往前四處的找，邊找邊喊著：

「哥哥！你在哪裡？」

「哥哥！你在哪裡？」

雖然山裡也傳著「哥哥！你在哪裡？」「哥哥！你在哪裡？」的回音，可是卻始終沒有發現哥哥的蹤影。

到後來，弟弟的聲音也喊啞了。他想：

「我是和哥哥一起出來的，也一定要找著哥哥和他一起回家。如果找不著哥哥，無論如何我是不願單獨一個人回家的！」

結果，又一陣狂風吹過來，弟弟也變成一座山了。

有人說，這兄弟倆變的山，都

在南部的屏東縣境內，哥哥變的山叫霧頭山，弟弟變的山叫大武山。原來應該是霧頭山比大武山高的，後來卻反過來了。這也是有故事的。

據說，起先克利里和布拉揚兄弟倆，雖然先後都變成了山，可是卻互不相識。

經過了不知多少歲月以後，弟弟布拉揚變的大武山，才認識了哥哥克利里變的霧頭山。又經過多次的交談，哥哥霧頭山知道弟弟大武山，是因為找不到他不願回家而變成的，心裡很有歉意。

有一天，大武山忽然向霧頭山說：

「哥哥，我聽說在你身後的北方，有一座十分雄偉又十分秀麗的玉山，我真想看看他。可惜你太高了，擋住了我的視線，使我沒辦法再往北方望過去。你身子可不可以低一點？」

霧頭山本來就想對弟弟表示自己的歉意，現在聽弟弟這麼說，立刻就點頭，把自己降低了。大武山看了很高興，也乘機把身子伸長，把頭抬高。

霧頭山和大武山兄弟倆，自經過這一次降低及伸長以後，雖然大武山仍舊望不到在霧頭山以北、高三千九百五十二公尺有雪光掩映的玉山，可是有三千零九十公尺高的大武山，究竟還是比二千七百三十五公尺的霧頭山高，做弟弟的高過了哥哥，也就覺得很高興了。

射太陽的英雄

在很早很早以前，空中有兩個太陽，輪流出現，一個剛剛下山，另一個立刻升天。因為太陽輪流不斷的照射，天氣非常乾熱，地上的草木大都枯槁萎謝，五穀也無法收成，人們痛苦不堪。

泰雅族人為了消除災害，大家聚集在一起商量除害的辦法；當場決定推選五名強壯勇敢的青年，帶著弓箭，到日出的地方去射太陽。

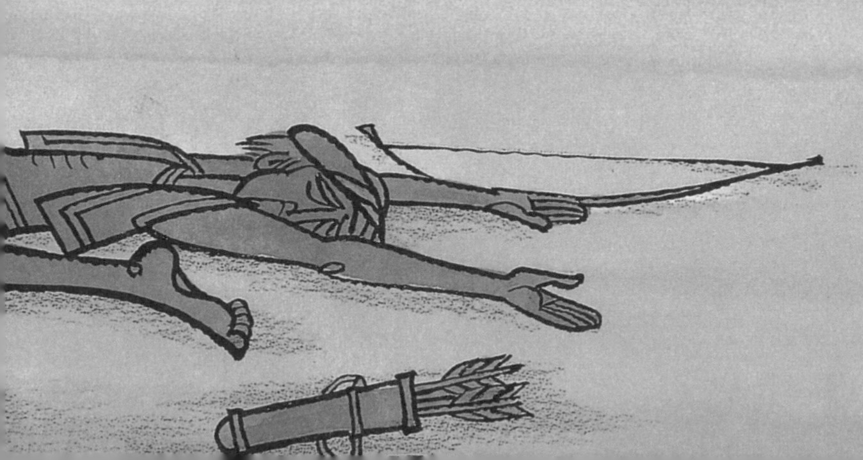

那被選出來的五個人，雄心勃勃，翻越一座又一座的高山，走過一條又一條的溪流。走了好多好多年，可是還沒有到達太陽上升的地方，卻接連的倒下了三個。另外兩個人，彼此看看，自己也不知道在什麼時候已經變成滿頭白髮的老人，嚇得他們只好往回走。

不過族人的災難不能不消除，所以他們繼續組織了遠征隊。這一次，他們很慎重的挑選了三名青年，各人又都背了一個嬰孩。為的是路途太遠，在青年人自己變老，還不能完成任務的時候，可以由新的一代繼續去做。

遠征隊在全族的祝福聲中出發。他們一路走，一路種植

橘樹做記號，以防回來時迷路。他們向東方不斷的走呀走的，但是走了很久，總到不了接近太陽的地方。

也不知道過了多久，三個青年已經不再是青年。他們的頭髮，由黑變灰，由灰變白，背駝了，腳步也慢下來，最後都成了行動遲鈍的老人。雖然太陽接近了，可是他們已經筋疲力竭的躺下去，死了。

不過，事情還沒有完全絕望，原來三人遠征隊背負出來的嬰孩，這時候都已經長大，成為年輕力壯的小伙子。他們埋葬了長輩的遺體，然後繼續前進。

他們愈接近太陽，天氣愈乾熱，路途愈艱苦。但是這幾個繼起的年輕人，竟然忍受比長輩們更多、更大的痛苦，奮勇前進，毫無畏懼退縮的意思。

果然是「天下無難事」，最後，他們終於到達太陽出來的地方了。可是那裡靠太陽那麼近，陽光射到身上，就像毒蛇咬人的痛。人站在太陽底下，就像是站在火坑當中一樣，想多站一會兒都不可能。這該怎麼好？

事情到了最後關頭，任務等著完成，困難總得克服。三個年輕人，腦筋轉得快，行動更俐落。他們立即找了一個太陽照射不到的山谷，躲在裡面。

三個人一起把眼睛望著天空，拉開弓，搭上箭，好像連呼吸都不敢呼吸似的，靜靜的等著，等著那最緊張的時刻到來。

不一會兒，太陽從山坳裡露出了紅紅的臉。三個年輕人一齊向著太陽射出了他們的箭。

「颼！颼！颼！」

三枝箭，先先後後像流星趕月似的，向空中飛去。

第一枝箭射得太高了，第二枝箭雖然擦到了太陽的邊緣，對太陽卻絲毫沒有影響。

只有第三枝箭，不偏不倚的射中了太陽。太陽體內的熱血，四面八方的濺迸開來。鮮紅的熱血濺到那個射箭的人，竟然把他燙死了。

其他兩個年輕人，雖然身上也濺到了血，卻幸而沒有死。他們只好傷心的把那

位壯烈成仁的同伴埋了，然後轉身回家。

這兩位成功凱旋的勇士，一路上吃著來時所種的橘子，慢慢的走回家鄉。

他們在路上走了幾十年，在快到家鄉的時候，頭髮、鬍鬚都發白了，腳步也漸漸的慢下來了。他們不得不撐著柺杖，一步一枴、一步一枴的往回走。

最後，他們雖然回到了家鄉，可是他們不認識家鄉的人，家鄉的人也把他們當作陌生人，問他們是從哪裡來的。等到後來一交談，大家才知道這些陌生的老人，原來就是本族遠征太陽的第二代英雄。

自從他們射死一個太陽歸來以後，天空還留下一個太陽。另一個被射中了的太陽，失去鮮血，也失去了原有的光熱，只剩下蒼白的光色，變成現在我們所見到的月亮。

至於那些在夜空閃閃爍爍

的、密密麻麻的小星星，原來也是沒有的，它們是從太陽身上濺迸四散的小血點凝結而成的。

天空中自有了太陽、月亮和星星，天氣不再像從前那樣乾熱，人們的生活也快樂得多了。

小動物報大恩

位於東台灣的台東市附近，有一座風光秀麗、景色宜人的卑南山。古時候，半山腰住著一家窮苦的卑南族人。這一家有三口，父親、母親和一個女兒，同住在一間小小的茅草屋裡。

那個做父親的，是一位勤勞、正直和好心腸的人。所以別的族人在閒著不種田的時候，還要結伴入山打獵，他卻寧可挨餓，也不願意殺害生命。相反的，他還隨時隨地救助可憐的小動物。

有一天，這位好心人，剛從田裡背著新收割的小米朝回家的路上走。在夕陽下他看見溪邊有一群孩子圍在一起，不知道在做什麼。他走過去一看，原來這些孩子們從溪裡捉來了許多大螃蟹，正準備用石頭把牠們敲碎了來吃。

他趕忙攔住一個手拿石頭的孩子，說：

「小弟弟，生螃蟹有什麼好吃？你們把螃蟹賣給我，我給你們錢，就可以買更好吃的來吃。」

說著，他給了孩子們許多錢，把螃蟹統統買下來。等孩子們一走開，他就把螃蟹放回溪裡去，然後一路上吹著口哨，快快樂樂的走回家。

又有一天，他走過一條山溝，忽然聽見一隻青蛙的哀叫聲，仔細一看，山溝裡有一隻

青蛙被一條大蛇給咬住了。青蛙一邊嘓嘓的哀叫，一邊用腿不斷的掙扎。

他看了，心裡老大不忍，立刻跑過去對大蛇說：

「大蛇呀大蛇，請你可憐可憐這隻青蛙，放了他吧！」

大蛇根本不理會他的話，反而把青蛙銜得更緊，像是再一口就要把青蛙吞下肚子去。

他心裡好著急，脫口就說：

「大蛇呀大蛇，如果你放了這隻小青蛙，我願意把女兒嫁給你！」

那大蛇聽他說了這話，居然鬆開嘴，青蛙趁這機會，兩腿用力

一蹬，逃出了蛇嘴，一撲一跳，一撲一跳，就「咚」的一聲跳下水去，逃走了。

他心裡一高興，又一路上吹著口哨，三腳併作兩步的跑回家。

誰知道他剛剛到家，在木頭凳子上坐下來，那大蛇就打扮得像個公子哥兒似的，手裡拿著一束鮮花，大模大樣的向他說：

「你剛才親口說，要把女兒嫁給我，我上門來就是要成親的。」

眼前這個年輕人，看起來是滿不錯的，但是一想到剛才大蛇吞噬青蛙的一幕，他就害怕了，趕快找理由說：

「不錯，我是這樣說過，可是我剛到家，還沒有告訴我女兒，請你等三天，大後天再來吧！」

那大蛇聽了這話，果然轉身就走了。然後他把事情的經過，原原本本的告訴了妻子和女兒。他妻子罵他老糊塗，他女兒更是害怕

得不得了。她們都反對這門親事。
可是三天的時間很快就過去，大蛇又準時來了，這一回，大蛇沒有經過打扮，就以蛇的原形出現，實在獰惡可怕。
女兒見蛇進門，非常害怕，立刻躲進壁櫥裡。大蛇很生氣，一邊很凶暴的向做父親的威脅，要他履行說過的話，一定要把女兒嫁給他；一邊用尾巴，啪啦啪啦的猛拍壁櫥。

壁櫥快要被蛇尾巴打壞了，那女兒固然嚇得全身發抖，上下牙齒「喀！喀！」作響；那父親和母親也嚇得面色發白，說不出半句話來，擔心壁櫥被打爛，女兒被搶走。

正當這一家人都在緊張危急，不知道該怎樣才能逃生的時候，忽然從門外跳進了一隻青蛙；接著，竟然淅淅颯颯的來了一大群螃蟹，湧

進這小小的茅屋，密密層層的包圍住那條大蛇。那帶頭進茅屋的青蛙，跳來跳去，像個指揮官；那一大群螃蟹，卻個個舉起堅硬有力的大螯，向大蛇進攻，合力緊緊的鉗住蛇頭、蛇尾和尾身，鉗得大蛇連動都不能動，更不用說想抵抗了。最後，那大蛇掙扎了一陣，終於被螃蟹們鉗死了。

做父親的看到這種情形，才放了心，他再仔細的看了一看，那最先跳進屋裡的青蛙，很像是前幾日那隻幾乎被大蛇一口吞噬的青蛙；還有那一大群螃蟹中，也有好多隻正是那天他向小孩們買來放生的螃蟹，原來他們都是趕來報答他之前對他們的救命之恩。

烏鴉
怎麼變黑的

我們現在看到的烏鴉，有著一身漆黑難看的羽毛，又發出「呀！呀！」既單調又惹人厭煩的叫聲，很得不到人們的喜愛，因而被看作是一種不吉祥的鳥。

但是，烏鴉本來不是黑色的，你相信嗎？在新竹縣山區的賽夏族之間，曾經流傳過這樣一個有趣的故事……。

據說，在數不清到底有多少萬年以前，大地剛剛有了飛禽、走獸、昆蟲、魚蝦等的時候，這些空中飛的、陸地走的、水裡

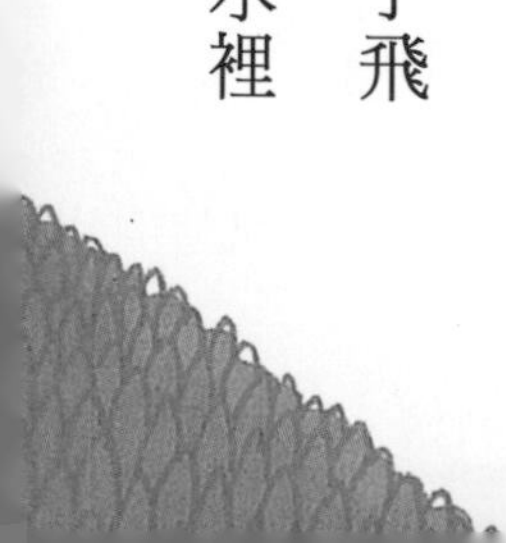

游的動物們，從來沒有發生過你吃我、我吃你的自相殘殺的情形。他們都只吃一些枝頭的樹葉、地面的青草，或者水裡的綠藻來維持生命。他們不但快快樂樂、和和氣氣的生活在一起，而且還能用彼此聽得懂的話交談。

就在這樣和平生活的原始年代，烏鴉和穿山甲是一對最要好的朋友。

那時候的烏鴉，有一身光潔漂亮的白羽毛，還有一副能唱婉轉動聽曲子的歌喉，跟現在全身像黑炭，叫聲又沙啞刺耳，完全不一樣。穿山甲倒是跟現在差不多，披著一身黃褐色的鱗片，像鐵甲武士一般。

這一對朋友，烏鴉比較活潑、貪玩，穿山甲一向就是樸樸素素、老老實實的。

有一天，烏鴉跟穿山甲在大草原上，像平常一樣的結伴遊戲，而且正當玩得起勁的時候，附近的一個山坡忽然起火了。烏鴉看到那起火的山坡上，紅豔豔的火光，一閃一跳的，很快的就燒遍了整個山坡。因為他從來沒有見過火，覺得很新鮮，就對穿山甲說：

「你看，那邊山坡上，一片通紅，在靈活跳動的是什麼怪物呀？」

穿山甲回答說：

「那是火，是可怕的野火！」

烏鴉又問：

「火那樣漂亮，又那樣活潑，一定很好玩吧？」

穿山甲連忙搖頭說：

「不，不，火一點都不好玩！相反的，火燃燒起來，會把住的地方都燒焦，還會把一切可以吃的東西燒光。好厲害！好可怕！」

「我不相信這樣漂亮的東西，會那麼可怕，我一定要去取一點火種來燒燒看。」烏鴉說著，就向起火的山坡飛去。

不久之後，烏鴉果真用嘴叼了一根燒著的草飛回來。不過當他回到草原上空的時候，火已經快燒到他的嘴巴，他被火燙得再也忍耐不住，張開嘴想要把火種丟掉，但火已經燒著他身上漂亮的白羽

毛。他還想趕快飛進樹林裡去撲滅身上的火，可是羽毛一著火，很快的就被燒光。烏鴉不能再飛，就「啪噠」一聲，跌落地面暈過去了。

至於那掉落地面的火種，延燒了整個大草原。熊熊的烈火，困住了草原上的穿山甲。好在穿山甲情急生智，及時利用他挖掘地穴的看家本領，挖掘了一個地洞，把身體蜷縮成一團，像個銅球似的躲在洞裡避難。

火熄以後，穿山甲從地穴裡出來，第一個想到的就是去找他的好朋友烏鴉。當他在火場旁邊找到好朋友的時候，可憐的烏鴉還昏迷不醒。穿山甲連忙去取水給他喝，烏鴉這才慢慢的蘇醒過來。

烏鴉睜開眼睛看到面前的好朋友，也顧不得全身被火燒焦的疼痛，十分感激的向穿山甲說：

「好朋友，原來是你救了我！」

穿山甲把四周看了看，然後說：

「好險哪！幸虧你是跌落在火場以外，如果你暈跌在

火場裡邊，恐怕你的小命早就
送掉啦！」
烏鴉聽了這樣的
話，回頭看看自己已
被燒光的羽毛，以及幾
乎變成黑炭的身體，放聲
的哭了起來。
過了幾個月，經過
一番調養，烏鴉身上
雖然又長了羽毛，

可是長出來的都是難看的黑羽毛，再也沒辦法回復他從前那一身漂亮光潔的白羽毛。一直到現在，烏鴉的羽毛，仍是黑黑的，就是這個緣故。

至於烏鴉的叫聲呢？據說也是他最初看到自己身上長出黑羽毛的時候，又驚訝又嘆息的叫出「呀！呀！」的叫聲，後來也就改不了啦！或許這就是烏鴉對於自己當年不小心玩火，玩出危險來的一種後悔的表示吧。

為什麼山豬要咬人

幾年前，報上登著一則體育新聞說，在一次全台都有人參加的三組馬拉松賽跑中，有兩位第一個跑到終點，分別得到成人組和女子組冠軍的，都是魯凱族的山胞。所以本篇特別介紹魯凱族的一則故事。

根據從前學者的研究，台灣全省的山胞，按照居住地區來分，大概是：

（一）北部埔里、花蓮縣以北的山地，分布有泰雅族和賽夏族。

（二）中部中央山脈分布的是布農族和

鄒族。

（三）南部分布的是排灣族和魯凱族。

（四）東部分布的是卑南族和阿美族。

（五）住在蘭嶼島上的是雅美族。

其中魯凱族最早被稱作澤利先（即「山地人」之意）。他們居住在中央山脈南部的山區裡，分布在屏東縣的三地鄉和霧台鄉，

高雄縣茂林鄉的多納村（縣市合併後，已改為「高雄市茂林區多納里」），以及互相接壤的台東縣卑南鄉大南村。

下面是一則流傳在魯凱族間的山地故事。

在很早很早的太古時代，山區裡滿布著高聳入天的原始樹林。樹林的裡裡外外，有成群溫馴的野鹿，在嬉戲追逐；有結隊的健壯的山豬，在優閒遊蕩；還有三隻、五隻可愛的小羌，在跳躍奔馳。有時候，這些野鹿呀、山豬呀、小羌呀，都和人類的小孩玩在一起。牠們都不怕人，人也從來不傷害牠們，大家相安無事的過日子。

每當有野鹿、山豬、小羌在人們住家附近的時候，人們也常常拿自己採集來的蔬菜、野果餵飼牠們。那日子是過得很快樂的。

不幸，有一年，接連出現很多很多個大晴天。每天，太陽都像大火爐似的烤人，大地上到處一片乾旱。人們已經好久採不到蔬菜，也沒有野果可摘了。

眼看著能吃的東西一天比一天減少，人們就跪下來向天神禱告說：

「神啊！現在災荒鬧得很厲害。請您救救我們，指示我們哪裡可以找到東西吃。」

或許是他們的禱告真的很靈，也或許是天神看到人們太可憐了！果然就有一位天神出現，指示人們說：「野鹿、山豬、小羌，都是你們的朋友，你們可以請求牠們幫忙。你們叫喚山豬的名字，牠就會來到你的面前，野鹿和小羌也是一樣。然後你們可以拔取牠身上的毛，放在竹編有蓋的食器裡，蓋上

一會兒，就可以有肉吃了。可是千萬不可傷害牠們！」

自從用了這個方法以後，人們雖然都有肉可以吃了，但是數量總是有限，誰也不能多吃。

有一天，族裡有一個貪饞的人，在吃過幾次山豬肉以後，就自言自語的說：「山豬的肉真好吃，我好想能夠痛痛快快的吃牠一次。」

過了幾天，這個貪饞的人，一早起來就把家裡的番刀磨得光亮銳利，然後走出屋外，嘴裡喊道：

「山豬嚕嚕，快過來！山豬嚕嚕，快過來！」

他喊了沒有多久，果然有一隻山豬從樹林裡跑出來了。當山豬

才跑到這個貪饞的人跟前，他不去拔取豬毛，卻出其不意的抓住山豬的後腿，用刀從山豬身上割下一大塊肉來。

山豬受到傷害，非常生氣，用眼睛瞪著那個貪饞

的人，留下話說：

「壞心腸的貪心人哪！從此你們別想再有肉吃。即使你出外打獵，要是碰到了我，我也一定想法子咬死你！」

說完話，山豬就忍著痛跑回樹林深處去了。

從此以後，不但山豬不再出來跟人們作伴，就連野鹿和小羌，好像也得了警告，遠遠的躲著人，而且一見到人，就紛紛撒腿跑走。出去打獵的人，更往往會意外的被山豬咬傷。

所以，出獵的人雖然帶了番刀、長矛和弓箭，但是他們在入山打獵以前，還要舉行鳥占，聽聽村外的鳥叫聲。如果鳥叫聲急促而短，他們就認為不但獵不到鳥獸，而且有被山豬咬傷的危險；如果叫聲輕柔而長，就非常吉利。在他們出發的時候，如果遇到小鳥橫飛阻斷去路，那是非常不吉利的，就一定全體回家，這一天都不再出門，因為他們都怕遭到山豬的侵襲。

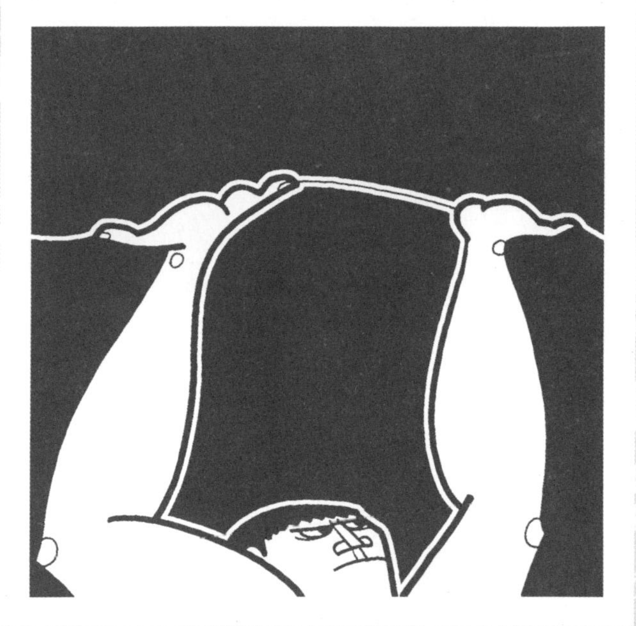

把天推高的巨人

在離台東東南方不遠的大海上，有一大一小相近的兩個島嶼。那個大一點的叫蘭嶼，旁邊那個小的就被人稱作小蘭嶼。

在當地雅美族的山胞中傳說著，在很久很久以前，蘭嶼島上住了一個大巨人，只要他一站起來，頭就會頂到天，長久這樣下去，他實在無法忍受了，於是就發生了下面這一段故事。

據老年人說，在很久很久以前的太古時代，蘭嶼島上，地面坎坷不平，現在的伊卑

嘉蘭和基恰如蘭兩個山峰，古時候也只是兩個比地面稍微高一點點的小土丘。

地面坎坷不平，走起路來雖然比較吃力，但還沒有什麼太大的妨礙，最教人氣悶難過的是天太低了。人們在島上望出去，四周的海，只要海風大一點，海浪高一點，那浪頭就像要衝上岸來，把整個蘭嶼都淹沒了似的，好可怕、好可怕啊。還有，天太低了，壓在人的頭上，呼吸都不通暢，更教人覺得痛苦。

這中間最難過、最痛苦的是島上一個大巨人。巨人的身體就像別處海邊山上大燈塔那般高，他要是把腰肢挺直，手向上一伸，就會碰到天角。所以天太低了，別人也許都能忍受，巨人的心裡可真煩。

有一天，天氣炎熱，巨人的心裡格外煩躁。他無精打采的走到海邊，摘下頭上的帽子放在地上，還拿了一塊石子壓住它，準備到海邊的水窪裡洗頭。

他剛剛低下頭，就在水裡看到自己，也看到壓在頭上的很低很低的雲影。

巨人一邊在清涼的海水裡洗頭，一邊望著雲影默默的想：「要是老這樣下去，我一定會受不了！為什麼不想法子把天推高呢？」

巨人性子急，想到了就要做。他立刻停止洗頭，從海邊站了起來，試著舉起雙手向上推。可是他站的地方不對，使不出力，天一動都沒動。他停下來，向四面望了一望，決定改變站立的位置，把一隻腳踩在伊皐嘉蘭土丘上，另一隻腳踏著基恰如蘭，站穩了腳根，深深的吸了一口氣，然後伸張雙手，擎著天，使勁往上推。

在「嘩啦！」一聲之後，天居然被推動了，接著又是一陣「格吱！格吱」的響，天就像裝了自動滑輪一般，迅速的往上升高、升高。

「我成功了！我成功了！」巨人高興得大喊大叫。天，不斷的往上升，巨人兩腳所站立的伊皐嘉蘭和基恰如蘭兩個小土丘，也跟著一點一點的往上升高。直到天不再上升，兩個小土丘升高到差不多一千八百公尺左右才停住，變成蘭嶼島上兩座令人矚目的高峰。

　　巨人正慶幸自己的成功，不料事情又發生了意外。

　　原來在天沒有被推高以前，這裡所看見的只是一

個太陽。可是自從天被推高之後，空中忽然同時出現了兩個大太陽。只有一個太陽時，氣候已經相當炎熱，現在突然又增加了一個太陽，氣候變得加倍的熱，烤晒得地上的石子兒都像燒著了似的

燙，不但人像是在烤爐裡一般，奇熱難當；島上的一切花草樹木，都被晒得焦枯，無法生長；許多美麗可愛的蝴蝶和昆蟲，也不知道到哪裡去，都看不見了。

這樣一來，島上的人，人人都又飢又渴，痛苦不堪。他們恐懼的嘆息：「要是再這樣下去，我們就都活不成啦！」

那個把天推高的巨人看到這種情形，心裡格外的痛苦，像是刀割一般。他想：「事情雖然發生得很意外，可是這災禍是我惹出來的，應該由我負責解決才好！」

巨人想到這裡，突然向空中咒罵道：

「太陽啊太陽，如果你們繼續這樣濫施威力，使得人人痛苦，我就要想法子跟你們拚鬥，甚至於消滅你們！」

兩個太陽聽到巨人的話，果然都害怕了。其中一個太陽漸漸的把熱度減弱；另外一個還遠遠的躲到一邊去，變做了月亮。

從此以後，空中有了像今天的太陽和月亮，花草樹木漸漸的恢復生機；同時島上各處還盛開了蝴蝶蘭，蝴蝶和其他昆蟲也漸漸的重新出現，慢慢的，才形成今天這樣子的蘭嶼。

國家圖書館出版品預行編目資料

虹從那裡來 / 蘇樺著；洪義男圖. -- 初版. -
台北市：幼獅, 2012. 01
面；　　公分. --（多寶槅；179）
ISBN 978-957-574-852-4（平裝）
863.859　　　　100023370

多寶槅・179

虹從那裡來

作　　者＝蘇　樺
繪　　圖＝洪義男
出 版 者＝幼獅文化事業股份有限公司
發 行 人＝李鍾桂
總 經 理＝廖翰聲
總 編 輯＝劉淑華
主　　編＝林泊瑜
編　　輯＝黃淨閔
美術編輯＝張靖梅
總 公 司＝10045台北市重慶南路1段66-1號3樓
電　　話＝(02)2311-2832
傳　　真＝(02)2311-5368
郵政劃撥＝00033368

門市
●松江展示中心：10422台北市松江路219號
電話：(02)2502-5858轉734　傳真：(02)2503-6601
●苗栗育達店：36143苗栗縣造橋鄉談文村學府路168號（育達商業科技大學內）
電話：(037)652-191　傳真：(037)652-251

印　　刷＝欣佑彩色製版印刷股份有限公司
定　　價＝250元
港　　幣＝83元
二　　版＝2012.01
書　　號＝984149

幼獅樂讀網
http://www.youth.com.tw
e-mail：customer@youth.com.tw

行政院新聞局核准登記證局版台業字第0143號

幼獅文化公司／讀者服務卡／

感謝您購買幼獅公司出版的好書！
為提升服務品質與出版更優質的圖書，敬請撥冗填寫後（免貼郵票）擲寄本公司，或傳真（傳真電話02-23115368），我們將參考您的意見、分享您的觀點，出版更多的好書。並不定期提供您相關書訊、活動、特惠專案等。謝謝！

基本資料

姓名：……………………先生／小姐

婚姻狀況：□已婚 □未婚　職業：□學生 □公教 □上班族 □家管 □其他

出生：民國……………年……………月……………日

電話：（公）……………（宅）……………（手機）……………

e-mail：……………………

聯絡地址：……………………

1.您所購買的書名：**虹從那裡來**

2.您通常以何種方式購書?：□1.書店買書 □2.網路購書 □3.傳真訂購 □4.郵局劃撥
（可複選）□5.幼獅門市 □6.團體訂購 □7.其他

3.您是否曾買過幼獅其他出版品：□是，□1.圖書 □2.幼獅文藝 □3.幼獅少年
□否

4.您從何處得知本書訊息：□1.師長介紹 □2.朋友介紹 □3.幼獅少年雜誌
（可複選）□4.幼獅文藝雜誌 □5.報章雜誌書評介紹……………報
□6.DM傳單、海報 □7.書店 □8.廣播(　　　　)
□9.電子報、edm □10.其他……………

5.您喜歡本書的原因：□1.作者 □2.書名 □3.內容 □4.封面設計 □5.其他

6.您不喜歡本書的原因：□1.作者 □2.書名 □3.內容 □4.封面設計 □5.其他

7.您希望得知的出版訊息：□1.青少年讀物 □2.兒童讀物 □3.親子叢書
□4.教師充電系列 □5.其他

8.您覺得本書的價格：□1.偏高 □2.合理 □3.偏低

9.讀完本書後您覺得：□1.很有收穫 □2.有收穫 □3.收穫不多 □4.沒收穫

10.敬請推薦親友，共同加入我們的閱讀計畫，我們將適時寄送相關書訊，以豐富書香與心靈的空間：

(1)姓名……………e-mail……………電話……………

(2)姓名……………e-mail……………電話……………

(3)姓名……………e-mail……………電話……………

11.您對本書或本公司的建議：

廣　告　回　信	
台北郵局登記證	
台北廣字第942號	

請直接投郵　免貼郵票

10045　台北市重慶南路一段66-1號3樓

幼獅文化事業股份有限公司

請沿虛線對折寄回

客服專線：02-23112832分機208　傳真：02-23115368

e-mail：customer@youth.com.tw

幼獅樂讀網http：//www.youth.com.tw